クリティカル　エッセイ

人間についての一考察

青木　一

AOKI Hajime

文芸社

私の愛する　身近な人たち　へ

フェローH氏こと
青木　一

人間と日本人を取り戻す
センスを見つけてほしいのです

はじめに　私の愛する　身近な人たちへ

本書は、ゴルフに託(かこ)けて、最近十余年の間の、私の身辺雑記から世相を見つめてきたエッセイ集です。それが己(おのれ)をクリティカル（批評的）に考察したエッセイになったようです。

三菱グループの部長級以上の重役を中心として、大槻文平さん（日経連会長で時の財界総理と言われた人）が四十七年ほど前に作られたゴルフクラブがあり、そのクラブの会報に寄稿し続けてきた私のエッセイ「フェローH氏のトーク・リレー」を集めたものが本書となります。ちなみにこちらの会報は二、三千人の特定読者を対象としております。

私はこのクラブの創立以来の委員で、長年フェローシップ委員長を務めております。フェローシップ委員会とはマナーやエチケットなど、会員の審査も兼ねています。紳士の中の紳士といわれる人が委員となる習わしです。

三十余年余り経過するとゴルファーも世間並となり、種々多様な人たちも多くなりましたが、このクラブは比較的紳士淑女がまだ多い方でしょうか。その人たちから私のエッセイは好評を得ております。

この世の中、何が何だか雑然として権威権力に無頓着になっていることは別に悪い方向ではないとは思いますが、それと同時に、ものを観る鑑識眼が失われていて、事の本質を見極めることができない社会風土になっているように思います。現代は人間としての平衡感覚が最も要求される時ではないでしょうか。私のエッセイが僅かな一石ともなればと寄稿を続けてきました。

二〇二四年九月

筆者

目次

エッセイはトーク・リレー

年々歳々日々是新たなり。でも、ちょっと違うかな。今日こそは、と気分を新たにチェックポイントを頭に刻み、コースに出たのはよいけれど、いざ終わってみたら全く代わり映えなし。あーあー、どうしてなのか。とんと才能がないのかな。

しかし、また次回も同じように勇んでコースへ。やっぱりフェローＨ氏、ゴルフが好きなのだ。

今号（２００２年70号会報）からこの欄で〝トーク番組〟を始めます。〝フェローＨ氏〟の担当です。ナイーブだけどお茶目さんときています。ちなみにこのエッセイでは物事を客観的にとらえるため、あえて自分自身のことを〝フェローＨ氏〟と表現しています。

時を遡る敗戦間もない私の中学生時代のお話です。柔道場は畳をはがしてのクッション付雨天体操場でのこと。アメリカが持ってきたソフトボールを足で蹴り上げ、手に取った私は、味方のプレーヤーへと投じゴールへタッチさせた。私は遊びの中の新しいスポーツを誕生させた。

世のゴルファーの思いは各人各様でしょう。

ゴルフコースもそれぞれの顔を持っているようです。自然が造った永遠の傑作と謳われるセント・アンドリュース・オールドコース。フェローH氏は想像します。四百年以上も昔、ヒースのブッシュからハリエニシダの茂みへとウサギが跳び回っていた。動物が作った小さな穴ボコ。開けた荒地にたまたま落ちていた木の実と木の枝。住民がその枝でその木の実をその穴めがけて打ってみた。遊び心。数人が競い、スポーツとなった。

今日（こんにち）、誰しも一度はセント・アンドリュースでプレーしてみたいと夢見る。しかし、そのセント・アンドリュースでは、あまたの名ゴルファーたちがどんなに悪戦苦闘したことか。コースを攻略しようとか、自然を征服してやろうとか、大それた心の持ちようの技術中心で臨んだプレーヤーは、見事に挫折を味わった。コースの自然と調和し、大自然に抱かれた心のゆとりと、的確な技術を持つプレーヤーだけが報われるのでは、とフェローH

氏は思う。

大自然を友とし白球を追う。飽くことのない向上心。パートナーとの楽しい掛け合いの会話。ここちよい緊張感。自然を尊重し、パートナーを尊敬する。


このクラブは名門クラブを目指してスタートした。四十七年余を経た今、それなりの顔を持っています。クラブハウスの食堂、7番の森の中の山桜、13番の谷底の深い池で泳ぐ鯉等々。技術を磨くも良し、パートナーも善し、コースとメンバーのよりよい融合を目指す、真の意味の名門づくりの世紀へ入った、とフェローH氏は宣言します。

ここには、有能なプレーヤーと、人間味溢れるメンバーが数多い。独得な技術論、コースとのつき合い方、心かようフェローとのエピソードなど、フェローH氏にお聞かせいただきたいのです。こよなく自然を愛し、人間大好き、ゴルフ大好きなフェローH氏が親愛なるクラブメンバーの皆様と、楽しいトークをリレーしてゆければと思うのであります。

0番ホールの穴の中

想像を超えた聖地の風

セント・アンドリュース・オールドコースを前回本欄で想像してみました。フェローH氏、昨夏早速現地を訪ねました。驚きました。北海から吹きつける台風並みの風。凄い。寒い。ジ・オープンで、ジャンボが、丸山が、タイガーをも茫然自失させたのも合点です。その17番ホール、深さ二メートルのバンカーに入れ、9打した貴重な体験の持主が言いました。

「ミスをミスとして受け入れられるようになってゴルフが楽しくなった」

七年振りに優勝した中島常幸選手の弁です。

自然を征服するのではなく、自然を尊重し、自然と調和することができる〝心の平衡感覚〟を持つプレーヤーが栄冠を獲(か)ち得る有資格者でしょう。

ユーモアとウィットは0番ホールの穴の中

フェローH氏は英国滞在中幾度となく「ソーリー」という言葉を受けました。ゴルフ発祥の地のお国柄でしょうか。心のゆとりから発する言葉です。ご存じ、ゴルフ規則第1章はエチケットです。心の平衡感覚を失くしたかに見えるわが国では、この四半世紀、ワビ・サビ・イキとは言わないまでも、ユーモアもウィットも耳にしなくなりました。

心の豊かさを求めるメンバーたち

旧冬十一月十七日の昼食時、アンケートを拝見しました。ご協力ありがとうございました。その中での「当クラブライフでの印象」で、「良い友人ができた」など人間的環境の良さを、また「今後のゴルフ人生で望むこと」では、「メンバー同士の楽しい語らい」を挙げた複数の回答が印象的でした。メンバーはゴルフの楽しみの中に〝心の豊かさ〟を求めています。

素晴らしき仲間たち

平常心と適度な集中力

一番の難ホール６番の攻め方として、Ｍ氏がティーグラウンドで、「私の球はドロー系だから、右寄り、林側を狙って打ちます。悪くても左斜面へ当たってフェアウェイへ出てきます」と言いながらも、「でも、右の林へ直行することもあるのですよ。如何に適度の集中力で平常心を持って、ティーグラウンドに立てるかなんです」と。

わがクラブ代表として団体対抗戦出場経験豊富なＭさんならではの言です。

素晴らしき面々

武蔵村山市のＩご夫妻とパートナーとなり、プレーしました。Ｉ氏はシニア年齢前後の紳士で、淡々と怪我なく、上手にプレーなさる。時にご夫人に小声でアドバイスなさった様子を見受けましたが。I氏の助言を素直に受けたご夫人、ナイスショット。至って快活で大らかな淑女なり。大自然と現世を謳歌なさっておられるご両人の雰囲気はまた人間的なり。

飯能を第二の故郷と居を構えられたNA氏。営々と勤め上げ、新たな人生を始めておられる。十年ほど前の他コースでのこと。同伴競技者のボールが目を直撃し、片方の視力が低下したにもかかわらず、豪快なショットで相当な腕前。「もっとうまくなりたい」と。

また別の日、パートナーとなったX氏。半身が不自由になったものの、懸命のリハビリで完全に回復なさって、この際と左打ちに変身。コースに咲く花を愛でながら、羽川プロ並の華麗なフォームは実にお見事でした。

悩み多きフェローH氏

野球理論には自負心を抱いているものの、肝心のゴルフは、ベン・ホーガン著『モダン・ゴルフ』での入門、人に教わった経験なし。やれグリップは、アドレスは、トップの位置はと試行錯誤の連続。念願のシングルプレーヤー入りの夢は、はかなくも消えた。ところがまだ諦めきれない様子のフェローH氏。目出度き人間なり。

先日は練馬のK氏との同伴プレーで、「グリップがまちがっている」と。現在必死でその矯正されたグリップと構えで特訓中。解剖学者養老孟司氏の『バカの壁』を如何にして破ろうか、と奮励努力中ときています。

ゴルフは楽し、人との出会いもまた楽し

コースが改修され、〝オトギ列車〟ならぬ乗用カートで森林浴も山登りも経験できるようになりました。

私と出会ったフェロー諸氏は、幾多の苦難、病魔との闘い、各種の悩みを克服し、〝ありのままの人間の姿〟自然体で人生と対峙しておられる。立派な個性を持った仲間たちです。

人生快哉！　ゴルフへ行こう!!

空手チョップのように

The Spirit of the Game　フェローシップ

豪快なティーショット。見事なまでにピンにからむアプローチショット。ＰＧＡでの各プレーは、テレビのこちら側にもぞくぞくする緊張を伝えてきます。他のプレーヤーとの闘いの前に、コースという自然と、また自分との闘いがあるのです。ＰＧＡで勝つには技術はもちろんのこと、精神的強さをも超えた〝人間そのもの〟が求められます。最終日の12、13番ホールからの、優勝を争うプレーヤーの顔を見ていると、こちらが身震いします。

アマチュアは、つい技術に走り、仲間のスコアにこだわりがちです。これに対する警告でしょうか。最近、アメリカのプロゴルフ協会が〝ゴルフの原点〟といえる、表題のキャンペーンを行っています。

同伴競技者のショットの瞬間は静かに、ディボットは手直しする、ホールアウトしたら直ちにグリーン外へ、などすべて他者フェローへの思いやり、を強調しています。

ターニング・ポイント　心の転換時

川岸良兼プロは、アメリカの高名なプロコーチのレッド・ベターに、アメリカのツアーで十分に活躍できるだけの資質を認められました。その後の川岸プロの優勝を耳にしたことはない。果たして川岸プロには才能開花のターニング・ポイントはあったのでしょうか。国家にも個人にもターニング・ポイントは出現します。現在の日本国はまさにターニング・ポイントに差しかかっているようです。小泉首相は対米関係を重んじ、イラク問題にどう対処しようというのでしょうか。

フェローH氏のターニング・ポイントは幸いなことに、立派な師と仰ぐ大人物に出会えたことです。

〝物事の本質〟を見つめ続ける姿勢を得たことです。ただし、フェローH氏、ゴルフでは未だそのターニング・ポイントは出現せず、低迷から抜け出せないでいます。

何とも悩ましきパット　最後の詰め

フェローH氏の野球理論。打撃では、プロレスの巨人力道山が、強敵ルー・テーズに発した必殺の〝空手チョップ〟と同様、金槌で釘を打つように、バットを握った両手の小指側でボールを叩く。投手は、肩甲骨を思いっきりくっつける野茂英雄投手が一つの見本等々。

ゴルフのパッティングは、ボールを眼の下に、両腕を肩から吊ったフォームをくずさず、ホールまで届かなければ入らないなど、多くの理論づけと格言を思う。

ところが、練習グリーンでコトンコトン入ってくれるボールも、いざ本番となると、僅か一センチ手前で止まり、二メートルもオーバー。何とも悩ましいことよ。最後の詰めが甘い、甘い。まあいいか。スコットランドやプロバンスの風景を思い浮かべながら、秩父の山々や新宿の高層ビル群でも眺め、気晴らしといくか。

それは駄目だ。愛すべきわがパークの18番ホールをティーグラウンドから眺望した、ボクの友人S女史の絵を思い出した。わがクラブをもっともっと深く愛し、また己を磨かねば。

（2003年12月10日）

ダブリンのパブでギネスを

全英オープンと時を同じくして

ゴルフの奥義を極めたかに見えるアーニー・エルス。トッド・ハミルトンが彼にまさりました。

今年のジ・オープンは七月十五日から十八日まで、スコットランドのロイヤルトルーンで開催されました。一昨年の同時期に聖地セント・アンドリュースを訪ねたフェローH氏は、ジ・オープンへの想いは先述しました。

丸山選手が、神山選手が対岸のスコットランドで苦闘していたその時、去る七月十六日、フェローH氏は、大西洋から吹きつける強風下、アイルランドのスライゴの草地の上でプレーしていたのです。

リンクスは大自然そのもの

北海から、大西洋から絶え間なく吹きつける風。スコットランドの、アイルランドのリンクスコース。海辺の砂地に接し、起伏に富んだフェアウェイは、打ち込んだら最後のブッシュに囲まれています。

フェローH氏は、カートを引っ張りながら前の四人組に遅れまいと、せっせと後を追いました。初めてのコース、それに感覚を失くさせるほどの強風、どう打てばよいのか、ヤーデージブックを見ても解決しない。大海原ならぬ大草原、大自然そのもの。

ブッシュ繁る丘越えに放ったフェローH氏のティーショットは幸運にも、なめらかなフェアウェイの草の上に落ちていました。ナイスショットが報われました。フェローH氏は一瞬、安堵感に包まれました。ふぅっと一息、スライゴの海風を大きく吸い込みました。

フェローH氏は悟った

ところがです。次のセカンドのアイアンショット。ブッシュの丘が両側から迫るその先にグリーンが見えます。

フェローH氏が打ったボールは、非情にもブッシュの縁へ。見つからない。打ち直したボールはやっとなめらかな、うねったグリーンに届きました。しかし3パット。

フェローH氏は目が覚めました。会心のショットにもおごることなく、せっせと、ひたすらに、大自然のコースと己を一体化するのだと。

ついでに

今回の旅のもう一つの目的は、二〇世紀最高の作品ともいわれるジェイムズ・ジョイスの『ユリシーズ』、その作中人物ブルームがたどった一日からちょうど百年、その記念の年にダブリンを訪問することでした。

ジョイスが通ったパブを求め、ギネスを大いに飲みまくりました。今日のアイルランドにも、人それぞれの暮らしがあり、豊かな、人の優しさをフェローH氏は発見した旅でもありました。

（２００４年７月）

「人生いろいろ」だからゴルフもいろいろ

ゴルフ打法もいろいろ

人それぞれ、いろいろな考え方があります。それは尊重しなければなりません。そして人の世の生き方もそれぞれです。それも尊重しなければなりません。

フェローH氏はそう思います。

ある国の総理大臣はおっしゃいました。

「人生いろいろ……」

でも、ちょっと違うかな。金の出所を尋ねられた時の答えとしては。一国の、民主主義国の元首ともあろう人の弁なら、もうちょっとは真面目に答えてくださらないとね。

ゴルフ打法もいろいろです。クラブを振ってボールを打つ。それも自分自身だけの動作で、です。グリップ、スタンスと姿勢、スイングプレーンに沿ってクラブを振る、そのすべてに悩みがつきまといます。

そこで各人各様のいろいろな打法が観察されます。人には似た顔はあっても、同じ顔はありえないのと同じように。でも皆うまく打ちたいと悩みます。

ままならない、スイングとクラブ選び

ええい、悩むことはない。フェローH氏は考えた。思うように自由自在に飛ばせる完璧なクラブを発明すればいい。今日の先端技術の粋をもってすれば、クラブヘッドに魔法頭脳を組み込むことができよう。すべてのショットが完璧、計算どおりパーかホールインワンだ。でも、すぐ飽きてしまうだろうな。クラブメーカーの商売だってあがったりだ。

「ゴルフプレーの楽しみは、考え悩むところにあり」

フェローH氏は正気に戻った。一生懸命に悩みながらも技術を磨き、体を鍛え、精神を練り、昨日よりは今日、今日よりは明日へと、前を向いて精進しよう。

フェローH氏、早速ゴルフの基礎から復習することにした。グリップとスイングプレーンを修正した。よしよし。

フランコが日本で使用していたクラブと同じものを使っていたのだが棄てた。ライ角（クラブを構えた時にできる地面とシャフトの角度のこと）が合ったクラブをプロが選んでくれた。打ってみた。プロは「シングルになれるよ」と誉めてくれた。しかし……。

苦から楽へ、大らかに歩こう

フェローH氏は初夢にうなされた。

「ゴルフと人生について、地球が宇宙に存在して遥か後、人類が出現して三万年。お前は地球という空間の中で、一人の時間をどう過ごそうとしているのか」

天の声を聞いた。

「人としての人間なら、苦と楽を上手に編みあげながら、恰好よく、メリハリをもって生きてゆけ」

フェローH氏は「ゴルフだけはやめたくない」とお願いしたところで目が覚めた。

幸いなことに、われらがコースには挑戦意欲が湧く楽しいホールがいくつもあります。

「6番ホールのグリーンは世界一〇〇選に入る」と世界のコースを知るメンバーの言。谷越えを2オンするもよし、グリーン2パット以内ならなおよし。
皆さん！　ゴルフでの苦を楽にし、自分のプレーに自信をもって、フェアウェイを闊歩しようではありませんか。

（2005年1月11日）

新しいルールの意味

ゴルフと蜂と戦争

フェローH氏は、夏になるとゴルフプレーを休み、避暑ならぬ灼熱の地へと出かける。七十余年前の原爆で亡くなった親友とビルマの戦いで死んだ兄への巡礼の旅のためである。

その日は庭の深いラフ（雑草）を刈り込んだ後、フェローH氏は桜の木の傍らに立つ雑木二本の伐採にかかった。チクッ!! イタッ!! その刺激は心臓にまで達するほどであった。

フェローH氏はバズーカ砲ならぬマグナム・ジェットガンを噴射し、直径一〇センチばかりの敵の巣を撃滅した。一応、蜂との戦争には勝利した。

わが祖国は七十余年前、アメリカに負けた。原子爆弾、沖縄、アウシュヴィッツ、東京……多くの人命がその意思に反して殺された戦争をフェローH氏はなぜかふと想起した。

新しいゴルフルール

フェローH氏は言う。

「品格ある人間の立ち居振る舞いの一つの表現がゴルフプレーであるから、特別にマナーであるとかエチケットということはあるまい」

友人S氏の言。

「ゴルフをするならゴルフルールをよく勉強しておくことだよ」

なるほど、S氏の言うとおりか。昨年からゴルフ規則が新しくなり、第1章にエチケットがこと細かに定められている。

〝礼儀正しさとスポーツマンシップを常に示しながら洗練されたマナーで立ち振る舞うべきである〟

ゴルフの精神を謳い〝他のプレーヤーに対する心くばり〟などの項目をあげている。

the Home of Golf（セント・アンドリュースのゴルフブックより）

フェローH氏は、たびたび素晴らしい同伴競技者に出会う。先日はN氏ご夫妻。奥床しきご夫人の何とも見事なドライバーショット。弾道の力強さに似合わぬ思いやりある言葉。N氏の淡々とプレーを楽しむ姿もまた印象的でした。

七月二十二日の金曜日、フェローH氏は全く愉快でした。最終9番ホールでバーディーを逃したものの久方振りの30台を垣間見た40は、パートナーに恵まれたおかげでした。

練馬区にお住まいのM氏ご夫妻。ご夫人の若々しいショットは如何にもスポーツウーマン躍如たりの感がありました。M氏は前日のプレーに続く連チャンで、奥方の盛り上げ役のご様子でしたが、何の何の、随所に見せるショットと軽妙な語り口には、風格が滲んでいました。

このクラブは、素晴らしい仲間が集い、プレーし、語り、技術を高める絶好のゴルフの〝わが家〟です。

一期一会を楽しもう

メンタルなスポーツと言うが

ゴルフはメンタルなスポーツと人は言う。フェローH氏もそう思う。精神的ゆとりがあればなお肉体的コンディションが良い時はそれなりの結果を出せる。しかし、突然何かの拍子で意外なショットに見舞われると、途端にくずれる。

自己責任。その時は己の過去に積み重ねた実績を分析する。そして心を平静に保ち、新たに気力を充実させ、積極的に次へと取り組むこと。フェローH氏はそう思うが、結果がうまくついてこない。

ゴルフは〝遊び〟か

修復できない間に18ホールを終えてしまい、後で考えてみることがある。スコアをうまくまとめきれない同伴競技者が「どうせ遊びだから」と途中で集中力を失くしてしまったからか。それとも遊び半分ダラダラパーティーの後続組でプレーしたからか。

こういう時も、自分に高度な技術と強い精神力があればと思う。しかしである。遊び心から由来するユーモアの範囲内であればそれは結構。それにしてもだ。他に影響を及ぼすような行為は慎みたい。

エルミタージュと江戸のマナー

ロシアのサンクトペテルブルグにあるエルミタージュ美術館は、王室により名だたる美術品が蒐集されている。

一八世紀、エカテリーナ女王はそれらの絵画の前で至上の歓びに浸った。王侯貴族は剣と帽子と勲章を置いて王宮の間に入った。女王は絵画を鑑賞するのに究極的な人間のマナーを求めたのである。

江戸には粋な〝三脱の教え〟があった。年齢と地位と職業を問わない礼儀作法である。この世に生を享けた人間は、お互いを尊敬するところから人間関係は始まる、というのである。

ゴルフプレーと総理大臣の関係

ゴルフを〝遊び〟より一段上がったところのスポーツとして捉えてみたい。そこにはゴルフの技術を磨き、ルールを守りエチケットやマナーを身につけ、人間性をも高めるプレーヤーを目指す人間が存在する。

ところが現在の日本には政治も経済も〝カネ〟を世の中の中心に据え、目的のためには手段を選ばずの風潮が漲(みなぎ)っている。

総理大臣よ、世の社長様。真のゴルファーを見習ってほしい。政治にも経済にも、哲学や道徳や倫理に裏打ちされた道理というものがある。

一期一会の楽しみをもらう

広々とした緑の大地に抱かれ、仲間、同志、フェローとプレーする満足感。大いにゴルフを楽しもう。

フェローH氏に嬉しい手紙が届いた。

「同伴させていただき、"This is the Golf" 多謝!!」

フェローH氏にとって、一期一会の楽しみが見出せるゴルフコース。ありがたいものです。

審判なしのスポーツ

秋到来!!

フェローH氏は飛距離を求め筋力アップのトレーニングをしております。ところが、暑さ寒さでバランスをくずします。悩みの始まりです。グリップ、スイングプレーン、体重の移動と合理的理論の建て直しです。酷暑の夏が過ぎ、体が縮む冬場の前でのパークの秋が楽しみです。悩みを棄ててクラブを思いっきり振り回す秋が到来したのですから。

フェローH氏が見た人間模様

スタートホールでは皆〝今日はナイスショットで良いスコアを出そう〟と心に誓います。三番目のホールに差しかかると、同伴競技者と無駄話が始まり、次打がなかなか始まらない。七番目のホール、日頃のショットとは違うらしい。聞こえよがしに、己のワンショット毎にぐちり解説する。最終ホールまで無表情の能面。

人はゴルフにその姿を表します。フェローH氏は想像します。生まれも育ちも違う。置かれた環境もそれぞれだ。皆ゴルフを愉しみに来ているのである。そうだ、それはそれでよいのでは……が。

フェローシップとフェローシップ委員会

「フェローシップとはどういうことですか?」

「メンバーの皆さんがそれぞれ仲間であり同志であり、愉快にプレーできるような間柄にあること、と言えましょうか」

「それでは現在のメンバーは全員失格ですね」

「いやいや、フィフティフィフティでしょうか。まだ結構立派な紳士淑女にも出会えますからね」

ある日の同伴プレーしたメンバーとフェローH氏との会話です。

ゴルフは審判者なしの自己申告で、同格の競技者とのプレーであることによって、人間の性善説に則ったものです。そこにはおのずと自制心、我慢すること、他者への思いやりが必要となってきます。紳士淑女のスポーツといわれる由縁です。

フェローシップ委員会は、エチケットやマナーはいうまでもなく、お互いが心地よくプレーできる環境づくりを考える委員会なのです。

個人の持分とバランス感覚

「グラウンド全体が見えていなければならない。その中で自分はどの位置で、どういうことを予期予想していなければいけないか」

フェローH氏が野球を指導していた時の言です。アメリカ大リーガーのイチロー選手はそれを実行できている一人と言えましょう。

物事の本質を見極め、その奥に人間の心をもって処する平衡感覚は、ゴルフにも野球にも、人間社会に求められるものではないでしょうか。

創造的に生きる術

Mr.HIROHIKOの変形フォーム

親友にHIROHIKOという男がいる。大新聞社の内にシンクタンクの会社を立ち上げた〝ツワモノ〟である。後にフェローH氏は請われて代表となり、共に地球環境等の提言活動を国の内外にすることとなった。

この男、バスケットの名選手であったが、ゴルフに熱中した。理論書を一緒に書こうとフェローH氏にもちかけた。その理論の骨子はこうだ。ボールを点ではなく線で捉えようという理論である。道具を作り特許をとろうと電機会社にその試作品を作らせた。

ところがこの男の理論を実践するフォームときたら、とんと変わっているのである。アドレスで頭を右へかしげ、上体を右へ低く傾ける。仲間はスコアを崩すと同伴を嫌った。しかしインパクト以降は見事なスイングフォームだ。

ゴルフでは変形のHIROHIKOであったが、頭脳明晰で気は優しい大らかな男だった。先頃前立腺ガンで死んだ。彼らしい社会貢献の線上であろう闘病記の書物を遺した。

アンチエイジング打法の研究

血気盛んな若い時代は、各人各様思い込みの打法でも結構飛ばせるし、スコアも出せる。ところが急に飛距離が落ち、落胆の時が到来する。人間の身体細胞は絶え間なく老化しているからだ。アンチエイジング!!

九十五歳の現役お医者さん、日野原重明さんは老いを知らない人だ。心が若いからだ。フェローH氏も心の若さを見習った。身体は意識することなく歩いている。〝歩くことの原理〟を考えた。そして意識して身体各部の筋肉を強化し、そのコラボレイトを企てた。三年で結果が。身体各部の筋肉に今までにない張りと恰好が出現した。

次は理に適った物理的動きのスイングを完成させること。グリップ、構え、回転軸、ヘッドの軌道などに身体各部を有機的に連動させ、美しいフォームを追及し飛距離を伸ばす。

フェローH氏、振り抜きに左腕とう骨（手と肘の間の骨）の捻り上げを練習中ときた。

あとはリズムと精神の安定が大事となってこよう。

耳よりなお話を

ベルギーの高名な泌尿器科教授ボー・コールサートが書いた医学書があります。人生を前向きに創造的に生きる術を教えてくれます。

人は加齢とともに肉体的にも精神的にも消極的になっていく傾向がある。心身ともに錆びついていく。それには運動と知的関心を持ち続けること（アンチエイジング）である、と。

特に耳よりなお話をお伝えしましょう。

教授の「放屁をしないようにしたい時に使われる骨盤底筋の訓練がきみを若返らせる」との御託宣であります。

頭を使い肉体を反応させる

挑戦する心が感動を呼ぶ

アメリカ大リーグの野球をテレビで観ていました。NYヤンキース対ボストンレッドソックス。大リーグの雌雄を決するかのような球場を包む雰囲気です。二十年もの間、超一流であり続けた大投手クレメンスとシリングの投げ合い。一塁線上を抜かんかと思われた強烈な打球を横っ飛びキャッチした一塁手の、その迫力たるや、その後がすごい。七、八歩を必死の勢いでダッシュするや、倒れこんでベースタッチ、アウトをもぎ取る。

若さを保つ秘訣は一人二役をこなすこと

投手は頭脳と身体を駆使して最高の投球をしようと試みる。野手はそれに応え、懸命にその肉体を動かす。

ゴルフでは、投手と野手の二役を一人でこなす。冷静に頭脳を働かせる自分（主体）と、頭脳に命令されて呼応する自分の肉体─客体─が存在する。この主体と客体がうまく調和した時に、ゴルフプレーの美しさが生まれる。

意識して頭を使い、積極的に自分の肉体を反応させる。うまくいった時には、この上ない〝人間の歓び〟を味わうことができる。そうだ！ ここに若さを保つ秘訣がある、とフェローH氏は考えた。ここには老化が入り込む余地はない。

クラブの基礎を築いた先駆者たち

素晴らしき三人を想起します。

三十年前、齋藤吾一社長の構想に、ゴルフ場のあるべき姿を求めた大槻文平理事長と、おふたりの意を体して現場に臨んだ山本支配人です。彼は六年余の支配人生活を通して、コースの管理とスタッフ従業員の教育に努力を惜しまなかった。コースを訪れるメンバーとすべてのゲストに〝最高のもてなしを提供する〟ために取った山本支配人の姿勢であった。

残念ながら、大槻理事長と齋藤社長の後を追って、山本さんもこの世を去った。時は流れた。

〝よりよきクラブライフ〟と〝よりよき環境作り〟

フェローＨ氏は、開場時のフロントに入った時の心地よい緊張感を覚えています。ゴルファーを迎えてくれるフロントの雰囲気と、今日は良いプレーをしようと思う己の高揚感からきたものでしょう。

先駆者たちが培った伝統がメンバーに反映し、今日でも多くのメンバーが自分のクラブライフを満喫しています。

メンバーの多くはフェローＨ氏のアンケートに、「よきパートナーとの出会いを求めて来場している」と回答してくれました。幸いに、歴代の支配人とスタッフ従業員も、バックアップする経営陣にも〝良き伝統〟を引き継ぎ発展させようと努力する姿が見受けられます。

洗練されたマナー

孫の人格

フェローH氏に遅まきながらの初孫が誕生しました。男の子です。ちょうど十か月になります。祖父馬鹿まではいかないとは思っていますが、可愛いものです。

人間としてこの世に出現したものの、人間らしい人間になるまで、まだ長い道程が必要です。彼をとりまく環境が大きく作用し、また本人の感受性と能力がどう磨かれてゆくものか。

通勤電車の風景

フェローH氏は若かりし頃と違って、満員電車を敬遠します。ラッシュが一段落した時間帯に乗ることが多いのです。

吊り革が埋まるほどの混雑の中、七人掛けの座席に悠然、堂々、無頓着に座る六人。優先席でケータイを使いながら股間を大きく拡げて座っている若者。前にはご年配のご婦人が立っています。フェローH氏は必ず注意を喚起します。

個性が育てばよいのですが

人様は皆生まれも育ちも違います。発散する言動には差があって当然ではありましょう。だけど、人様は同じような新語を発音し、〃皆で渡れば〃の行動が目立ちます。没個性の世の中です。

人が生まれ、親と子の関係が発生します。学校で友だちができます。社会では年齢と組織での上下関係が生じます。この間もずっと〃自分を忘れず〃〃他者を尊重する〃。ここに初めて個性が生まれるのでしょう。

ゴルフの精神登場!!

「洗練されたマナーで立ち振る舞うべきである」

ゴルフ規則第1章に定められたゴルファーの心得です。

世の政治家、社長さん方、親御さん、それにお若いお兄様とお姉様方、どうか心の一隅にこの言葉を収納してください。

この言葉を心得ようとするゴルファーがどんどん増えてほしい。ゴルフ人口がどんどん増えてほしい。ゴルフ場関係者もゴルフ用具メーカー関係者も、元気を出してゴルフ人口の増加に努めてほしい。

人間社会の中に心の豊かさを味わう機会が多くなるように。

見逃し三振から

あなたならどうした？

北京五輪と高校野球の全国大会が重なった今年の夏は、殊の外暑かった。

9回裏、一死満塁、キャプテンで二塁手の2番バッター青山が打席に立った。5対6で一点差負けの局面。

鍛え抜かれた肉体と精神力でやっと甲子園にたどり着いた。過去三年間の想いが青山の頭の中を駆け廻った。仲間達と勝利を共有したい。青山の胸は高鳴った。

ボールカウント、ツースリー。相手投手の投げた球はスライドして外角を外れたと確信した。「やった！　同点になる」と一瞬青山の脳裏に喜びの電流が走った。

非情にも審判の右手が上がった、「見逃しの三振！」。

あなたならどうした？

見逃し三振した悔しさが脳裏から離れず、努力を重ねた末にプロ野球選手となった球児。見逃し三振の無念さをバネに、人知れず辛苦し、努力し、一流企業の取締役となった高校球児。フェローH氏は実例を耳にしていた。

フェローH氏は〝見逃しの三振からは何も生まれないか〟について、高野連会長と議論したことを思い起こした。

冒頭の青山選手は、「ボールに手を出し内野ゴロのダブルプレー、ゲームセットもある。次の強打の3番へつなごう」と瞬時冷静に情勢分析した結果の、最後の一球の選択が見逃しの三振になった、とも考えられる。青山選手を信じたい。

ロゲ会長は失敗を誉めた

北京五輪閉会式後の談話で、ロゲ会長は射撃のエモンズ選手（米）を讃えた。ライフルで優勝間違いなしと思われた最終十発目、前回のアテネ大会に続いてよもやの大失敗、エモンズはメダルを逃した。「四年後にまた挑戦するよ」の言葉を残した。ロゲ会長は「私が感動するのは、失敗を認め、また金メダルを目指す態度だ」とエモンズを誉めた。

フェローH氏は、考えた末の行為、失敗を糧とする努力、それと人間賛歌をここに見た。

〝考えること〟で共通項を持つ

少ない練習時間で甲子園にまで出場し、強豪校に勝つチームがしばしば出現します。考える習慣を身につけて技術力と判断力を養った結果である。そこには、見逃しの三振も空振りの三振も相手方の投手力が上回ったからと考える。

中嶋プロは子息にゴルフを教えようとはしない。自分の頭で考え悩み抜いた末に本当の実力が身につくと考えたからである。

佐々木閑先生は天声人語「日々是修行」（二〇〇八年九月十一日付）の中で、考えることの効用を説いていらっしゃいます。精神を集中し、考えに考え抜く。一つのことを徹底的に考える習慣を皆で定着させていけば、味わいのある人生を生きる人が増え、日本はもっと元気になる、と。

中嶋プロの、佐々木先生の、〝考えること〟について、フェローH氏、全く同感であります。

地球危機時計　9時33分

親に感謝

「丈夫な体を与えてくれた親に感謝します」

先ごろご一緒にプレーした同伴競技者Kさんの言葉です。

明朗闊達なKさんは還暦を少しばかり過ぎたプレーヤーとお見受けしましたが、なかなか均整のとれた好青年と言ってもよいくらいのお方です。打ってよし、飛ばしてよしのゴルフをなさる。「親に感謝します」とさらりとおっしゃる。これがいいですね。

Kさんの言葉に触発されたフェローH氏は早速ジムに通い始め、肉体の強化に取り組みました。フェローH氏は思ったのです。親から貰った体を丈夫で長持ちさせなければ生んでくれた親に申し訳ない、と。

法律を「守らなくてもよい」54％

Ｋさんと同伴プレー、朝一番のスタート時のことです。他の同伴プレーヤーがティーショットの準備をしているティーインググラウンドで、Ｋさんは体慣らしの素振りをなさっている。フェローＨ氏はパートナーシップをもって軽やかに注意しました。Ｋさんは笑顔で答えてくれました。

「よい勉強をさせてくださいましてありがとうございました」

Ｋさんは大らかな紳士です。

ところが、朝日新聞社が裁判員制度に関連して意識調査をしたところ（平成二十一年一月九日付紙面）、二十代の54％が法律を「守らなくてもよい」と答えたのです。驚きです。

今日日常のルール違反、マナー違反が目に余るのもムベナルカナです。紳士・淑女が少なくなりました。

●「地球危機時計」は極めて不安な9時33分

財団法人旭硝子財団は地球環境問題と人類の存続に関して、世界中からアンケートをとり、毎年環境危機時刻を発表しています。只今人類滅亡まであと二時間二十七分です。

一国の首相が一万二千円の給付金をばらまき、自分は受けとる受けとらないと右往左往する段ではないでしょう。順法意識の低下と日本的精神風土の劣化は、大いに場当たり的政治の影響と考えられます。

国家百年の計、環境関連中心の新しいビジネスを創出して雇用を拡大するなど、市民に精神的豊かさを実感させるべく、真摯に努力する、これが本来の政治の仕事です。

私たちは、私たちの子や孫のために、世の移り変わりに流されることのない眼力を強化すること、とフェローH氏は思うのです。

せっかちなゴルファー

アンチエイジングとウィズエイジング

フェローH氏は「年齢関係なし」というよりは、アンチエイジングで飛距離を伸ばすのに余念がない。ところが先日、〝ウィズエイジング〟という言葉を初めて耳にした。ハッと目が覚めました。

なるほど、頭は絶えず考え、想像力を逞しくしておればさほど退化しないであろう。しかし、肉体はいくら鍛えても頑張っても、大リーガー野球選手のイチローでも五十歳まで年間二百本安打を続けることはなかろう。それなら「歌は心、六十代には六十代の、七十代には七十代の歌がある」というではないか。

アンチエイジングとウィズエイジングの両者を調和したゴルフができないものか。フェローH氏の新たな悩みが始まりました。

「道具を使いこなすことですよ」

頭脳派のプロゴルファーの言葉が耳に響いてきます。

過信は禁物、逆もまた真なり

フェローH氏は酒豪だった。体操の世界選手権出場男と、学生時代から山登りの猛者との、自他ともに許す〝底なし三人男〟を張っていた。

あまり大きい声では言えないのですが、調べ事で博多に立ち寄った時のことです。フェローH氏は馴染みの店に勇んで入ったまではよかった。先ずは生ビール、次に博多の地酒に同じ地元の焼酎のオンザロック。常連客と店主を相手に話が走る。フェローH氏はそうして飲んだのでした。その結果は……翌日も余分に博多に泊まる羽目に。

昔とった杵柄とはいかず、過信は禁物なり。

ゴルファーは得てして心の中はせっかちです。前の組の進行がちょっと遅いと、キャディさんの制止も聞かず、「自分は若い時とは違うから」と打ったのはよいのですが、前の組の中に打ち込んでしまったのです。これは前例と全く逆の心の現象です。

庭師の教えに納得

〝地に足をつけて〟〝剪定鋏は両手を同時に動かすな〟〝引いてできなければ押してみろ〟を実践しなければ庭師はつとまりません。

フェローH氏は一段一段を踏みしめ、三メートルを超す脚立の最上段で剪定鋏を上手に使います。でも時に手が届きそうもない先方の枝を切ろうと冒険し、ハッと頭が真っ白になることも経験します。

ゴルフでも然り、フェローH氏は理論を真剣に体得しようと努力します。その反面、ちょっと〝ボールを打つ〟という原点に戻って試してみるのも面白いと思うこともあります。

時と場合によっては

オリンピックと国会議員

バンクーバーの雪と氷。浅田真央選手の華麗な舞はキム・ヨナ選手との勝負を超えて、崇高な美さえ感じられました。

スノーボード・ハーフパイプの国母和宏選手は、アメリカのショーン・ホワイト選手の神技ともいうべき演技には及ばずとも、着地にさえ失敗しなければ空高く舞い上がり、宙返りを繰り返すその技は、それは見事でした。

ところが開会式での国母選手の公式ウェアの着こなしを難詰(なんきつ)して、競技への出場を辞退させよとか、国会議員が議会で批難するとかの一騒動。何のことはない。現地の役員がひと声掛けて注意を喚起すればそれで済んだこと。

オリンピックは国威発揚の場ではない。個人の最高の技と力を競うもの。憲章もそう謳っている。

国会議員たちよ、世の大人たちよ、電車の優先席で堂々と携帯電話を操作する若者に〝直接〟注意したことがあるか。誠意をもって直にマナーを守るよう声を掛けたか。

言葉の移ろいと事の本質の変遷の間に

「その写真を見して」

「見して」ではないでしょう、「見せて」でしょう。

フェローH氏はNHKへ電話を入れました。さすがにNHKのアナウンサーは滅多なことで「見して」とは言わないのですが。でも他のテレビ局や街行く人たちには多く「見して」が使われています。「させて」を「さして」とも。

言葉は時代や世相に流され定着していくようです。変遷（移り変わること）です。

女性のスカートの丈が短くなったり長くなったり。シャツの裾をズボンの上に出すのは大方一般化していますが、若い人の間ではズボンを腰骨の下までさげているのがファッションのようです。ファッションを上手に採り入れ、ＴＰＯ（時・場所・場合の意）をわきまえたメリハリあるオシャレをしたいですね。

勤勉を規範とした時代から、楽しさを第一義におく時代へ、物事の変遷を特別に問題視することはないでしょう。

ただ今日の金銭至上主義の蔓延下で、ことの本質が変遷するのは困ったことです。日本国憲法の戦争放棄の条文、国民主権と基本的人権の思想の本質は変わってはいけません。人を尊敬すること、他民族を認めること、地球環境を守ること、これらは変えてはいけません。

お互いに楽しむために

「自分を知ることは一番難しい。他人に忠告することは安易なこと」

ギリシャ七賢人の一人、タレスの言葉です。

フェローH氏は、人間として、現在を生きる社会人として、この言葉を噛み分けながらゴルフプレーを楽しんでおります。

（2010年3月3日）

プレーと人間力

東日本大震災の受け止め方は

三月十一日に突然発生した大地震と大津波は、わが日本国の大地に住む多数の同胞とその家屋を奪い取った。地球の胎動が私たち人類に与えた試練とも言うべきか。

第二次世界大戦で打ちのめされて六十六年、再度の国難とも言うべき東日本大震災の受け止め方と復興の現実的行為が問われる。多くの国民は、わが身に振り返って、同情を表す。ボランティア活動、義援金で。

ところが如何なものか。多数の人間が死して深い海底をさ迷っているなか、〝天罰〟という言葉が東京都知事の口から出てきた。

また思い出す。沖縄の米空軍基地を同じ沖縄の辺野古に決定した後に、悲惨な思いが消えない沖縄の人たちの前で言った総理大臣の言葉だ。「ベターな選択だ」と。何という暴言であろう。せめて「苦渋の選択です」とでも言えないのか。

心の歪みか言語力の貧困からか。今日の政治家の能力と人間力の低下を感じる。

ゴルファーのプレーと人間力

ゴルファーは得てして己を失くす傾向があるようだ。

フェローH氏との同伴競技者Z氏は、ショットを失敗すると「ヘタクソ！」と大きな声を発し、己を叱責する。グリーン上では他のプレーヤーのパットライン上を平然と横切る。己のパットが終わるとさっさとグリーンを後にする。

ゴルフ規則第1章のエチケット以前の〝人間力〟の問題か。たまたま出会ったひとこまではあったのだが。


（2011年4月22日）

心の内奥との対話

ふるさと考

「あなたの故郷は何処ですか？」

「ふるさとという言葉からあなたは何を思い浮かべますか？」

ふるさとには老いたる父と母が時の移ろいに抗する術なく存在せずとも、慣れ親しんだ大自然の山と川は永遠に残っているはず。

心のふるさとは聖地ともなる。誰にも想いを馳せる聖地がある。〝心のふるさと〟がある。ゴルファーにとってはスコットランドのセント・アンドリュースかもしれない。

今年三月十一日に発生した東日本大震災、地震と津波に原発事故で多くの人が家と土地を奪われ、ふるさとから去らざるを得なかった。これらの人はふるさとと聖地をどのように心の中に形作ればよいのか。

墓について宗教学者と話したら

フェローH氏は故郷に永年続く先祖伝来の墓を守っております。年に三回は植木の剪定を兼ねて祖先詣でをします。

昨年は父と母と戦没した兄の位牌を東京に持ち帰り、小さな仏壇に収め、朝夕に手を合わせています。故郷の姉が年老いて毎朝の仏前へのお供えが難しくなった様子でしたので。ところが、宗教学者である甥は「位牌を拝んでいても遺骨が離れた故郷にあれば、仏様はお盆には行き場がなくさ迷っているよ」と言う。そうかなあ。フェローH氏は心を込めて朝夕の礼拝を欠かさず、お盆を含め年数回墓参し、墓の管理にも手ぬかりはないのだけど。ご先祖様は故郷の地で眠るのが安らぐのではないかしら。

想像する力を強くしたい

最近の日本の人々は想像する力が極端に低下しているようだ。サラリーマンは定められたマニュアルから一歩も出ず、政治家は目先の処理だけに追われ、十年先、五十年先、百年先を想像しない、できない。

想像する力、予測する力、推理する力を身につけようと努力することだ。夢を見るのだ。夢中になることだ。形だけを作るのではなく、心の内奥との対話から魂の入ったものを創造することだ。

ゴルファーは想像・予測・推理が得意

グリーンまであと何ヤードと予測し、何番アイアンでどのくらいの振り幅で打てば、球はどの弾道で飛ぶかと推理し、グリーン近くの障害物の有無を想像する。

この思考過程が実に楽しい。ゴルファーは想像する力を持つ。

この想像する力から己を律し、他を尊敬する。他人に迷惑を及ぼすと想像されることから無縁である。禁止場所で喫煙することなど全く論外の行為である。


（２０１１年9月19日　敬老の日に）

下山途中の時代

年賀状今昔

フェローH氏は、年賀状には必ず相手の顔色を想像して、添え書きを自筆で入れる。

朝日新聞の天声人語で「貰った賀状の三割ほどにしか裏の自筆の文字がない、残り七割は印字のみだ」とあった。

フェローH氏は思う。折角の年に一度きりの通信だ。相手を思い、自分を語る言葉の一片でも添えたら、と。

しかし、失敗もある。

中学一年時から無二の親友スズタ君が朗読を演じた、長崎の被爆体験を、一人芝居で見せるワタナベ氏劇団を呼び、東京公演を打ったフェローH氏は、昨年の夏に死んだワタナベ氏に、今年も健康を気づかい激励の言葉を添えた年賀状を出してしまった。

た大人だ。

フェローH氏は、正月に杯を傾けながら甥二人と議論した。二人とも世間並みに成長し

長男Aは、日本の将来を、経済が発達した今日の生活を維持するような社会を展望する。対して三男Mは、東京五輪の昭和三十九年以前の生活状況に戻ってよい、と言う。多少日常生活は不便になったとしても、個人個人が少し努力して楽しい家庭を保ち、ギスギスしない人間関係の社会を築こう、と。

最近『下山の思想』という本を五木寛之さんが出した。警世の言葉をつづっている。おおむね次のようなことか。

高度成長だけを追い続ける経済優先の時代は終わった。国家崩壊の途上にあることを確と認め、起死回生のエネルギーを発揮しておだやかに軟着陸させることはできないか。

私たちは下山の途中の時代をどう生きるか。

登山ではなく「下山の思想」

ケンカに強い人物出でよ

昔、剣豪の武蔵と小次郎はライバルとして存在した。現在のゴルフ界では松山英樹選手と石川遼選手ではなかろうか。

比較すべくもないが、今日の日本の政界では、I都知事や政党元代表O氏は一見ケンカは強そうだ。そこにH大阪市長だ。前の二者を凌ぐケンカ強いようである。しかし、この三人はライバルの関係にはない。

本当にケンカが強い人物が、男であれ女であれ、出現してよいのではないか。偏狭な歴史観ではなく、日本の敗戦とその後を確と評価し、世界と地球の行く末を見据えた人物だ。こういう人間がライバル同士で議論し議論し説得する粘り強い人間、ケンカの強い人物である。

ゴルフは苦労してうまくなるのが楽しみ

七年前のエッセイで、「今日の科学技術からすれば、思うように自由自在に飛ばせるクラブが出現するだろう」と書いた。

驚いた。フェローH氏の予言が当たった。〝カメラセンサーがカップを捕える〟パターの広告だ。

でも面白くないな。やはり今日より明日と精進し、コースで自分の頭と体を存分に使って楽しみたいものだ。

（2012年2月15日）

ハンディキャップとは

感動物語を三つ四つ

ロンドン五輪が終わった。開会式と閉会式は英国の自然と歴史を、一万人の人々が歌と踊りで表現して見せた。競技で圧巻だったのは陸上の１００メートルと２００メートルを北京五輪に続いて連覇したウサイン・ボルト選手（ジャマイカ）の走りだ。記録も更新した。ＩＯＣロゲ会長は「生ける伝説だ」と評した。

悲運の男エモンズ選手は？

四年前の北京五輪でロゲ会長が「私が感動するのは、失敗を認め、また金メダルを目指す態度だ」と射撃のエモンズ（米）を讃えた。

二〇〇四年のアテネ大会で十発中九発まで断然首位。最後の一発は狙った的の中央を打ち抜いた。……隣のレーンだった。結果、八位。

次の北京では九発目まで首位。最後の十発目で「引き金に触れたはずが、発射してしまった」と四位。「勝負がすべてではない。次にがんばろうと思えばいい」と語った。

今回の優勝者にその名がなかった。新聞社に問い合わせた。銅メダルとのこと。彼のコメントを聞きたかった。取材記事になかった。

ハンディキャップはゼロ

同じ陸上400メートルでの義足のランナーのピストリウス選手（南ア）にフェローH氏は注目した。ハンデを意に介さず、予選を通過したが準決勝で敗れた。

フェローH氏がピストリウス選手に魅せられたのには、愛すべき久保田君の存在があったからだ。生まれて間もなく小児マヒ（現在はポリオという）を患い、生涯二本の松葉杖が彼の支えとなった。フェローH氏は高校の新聞部で彼らを熱血指導した。彼は期待以上の努力で成果を示した。フェローH氏は彼の肉体的ハンデを全く意識せず、彼もまたそのハンデを全く感じさせない強靱な男であった。彼はフェローH氏を「新聞や社会を観る目を養ってもらった」と文芸誌に半生記を発表している。

その彼は税理士として、憲法九条で平和を守ろうと定期的に街頭に立つ。

ゴルフのハンディキャップと前向きの精神

フェローH氏が会長の高校OBゴルフ会は先日、69回大会を終えた。

後輩にハンデ0の松崎君がいる。数多の大会で優勝するほどの猛者である。彼は語った。

「韓国の選手が強いのはスイング理論が徹底し、韓国ゴルフ界の取り組み方にはすごいものがある。自分もゴルフ理論を徹底的に研究し、どんな場面でも貪欲にグリーン上のホールを狙う。人生もそのとおりに前向きでありたい」

フェローH氏も全く同感の至りだ。

（2012年8月30日）

〝気〟がついた人は楽しい

バンカーからの脱出方法

フェローH氏は親友のミスターマサシと永久スクラッチの仲である。最終ホールでの会心のショットで逆転2打勝ちが見えたとほくそ笑んだのも束の間、ガードバンカーに入れてしまう。脱出に4打を要し2打負け。

それからフェローH氏の苦労が始まった。即、バンカー脱出の研究に没頭。

「クローズに構えインサイドに引く。〝ドボッ〟ではなく〝シャキン〟でナイスアウトだ！」

髙松志門プロの教本に従ってみた。ところが藤田寛之プロの教えは、

「フェースを開く。右に飛びそうな感覚がなくなるまで左を向くオープンスタンス」

フェローH氏の悩みは続く。目下、試行錯誤中なり。

元気、やる気、胆力、気力

ミスターマサシから電話が入った。「前立腺ガンと診断されたよ」と。声は元気だ。彼の二、三十代はシングルを張っていた。最近新しいドライバーを仕入れたとのこと。やる気だ。気力あるね。

フェローH氏はコースで好敵手マサシを迎えうつのを楽しみにしている。

最近、テレビで淡路恵子さんを観た。素直に、端的に、ケレン味なく、ものを言うが、嫌味がない。その発言は〝気〟からくるのか、自信に満ちている。

〝気〟がついた人は楽しい。

スポーツの記録と選手の人間性

フェローH氏は昨夏のロンドンオリンピックで大活躍した〝義足のランナー〟ピストリウス選手のことを先述した。その英雄アスリートが一月十四日に恋人を射殺した。驚いたというより、はかなさを感じる。一方、日本の柔道金メダリストは、指導する女子大学の合宿中、未成年の選手を酒に酔わせた揚句の準強姦罪で起訴された。

人間の業（ごう）と言おうか、人間の性（さが）からくるものなのか、哀れを感じる。必死で鍛錬した結果の記録と名声を、人間性の高みにまで影響を及ぼしきれなかったのは残念だ。オリンピックの金メダリストの記録と、その人間性の深さは比例しない。

選手を子ども呼ばわりするな!!

大阪の市立高校バスケット部の監督教師が体罰ならぬ選手への暴行で死に至らしめた。必死で努力しプレーしている選手を、指導者の思うままにならなかったといって、平手打ちや足蹴りにした。指導者として、教師として、人間として失格である。

その高校に以前の全日本監督が指導者として呼ばれた。彼の発言に「子どもたちを……」と、高校生を子ども呼ばわりだ。

高校でも全日本チームでも、指導者は選手を子ども呼ばわりし、子ども扱いする。間違っている。選手を一個の人格ある人間として尊敬しないから体罰暴力へと発展することになるのだ。

（2013年2月20日）

歩行の原理を思い出そう

2020東京五輪と二〇一一年の東日本大震災

今朝のテレビで二〇二〇年のオリンピック開催都市が東京に決定し、猪瀬東京都知事らの歓喜する映像を見ました。日本の若い人たちにとっては大変喜ばしいことです。日本国民にとっても有意義なことでしょう。

日本の招致運動は珍しくうまくいったように見えます。IOC委員に対するロビー活動から総会でのプレゼンテーションは今までの日本には見られなかった出来栄えでした。猪瀬知事は「チームワークの勝利だ」と喜びました。

ただ各国のIOC委員と多数のメディアからは福島第一原発事故の処理に大きな不安の声が上がりました。この発言の裏には「日本はオリンピック招致の前に原発事故の処理を優先すべきではないのか」という厳しい提言が含まれていると思われます。安倍総理は、

「汚染水による影響は港湾内の〇・三平方キロメートルの範囲内で完全にブロックされている」と見栄を切りました。

為政者は国民の生命・身体・財産を守るのが最大の使命のはずです。安倍総理には今こそ猪瀬都知事が言った〝チームワークの勝利〟を目指して原発事故処理に粉骨砕身して欲しかった。そしてその後に初めて処理技術を伴った原子力発電の各国へのセールスマンの動きをするのが筋でしょう。

緑の原っぱで腕を振ろう!

今年の夏は物凄い暑さでした。フェローH氏もクーラーに浸り切り、ダウン寸前でした。気象庁も三十年に一度の酷暑だったと言っています。

しかし酷暑は遠のきました。パークの緑のコースが招いています。支配人をはじめとしたスタッフ一同はかいがいしく働いてプレーに快適な環境を整えています。悠々と、勇ましく、大きく腕を振って、緑の原っぱを闊歩したいものです。

歩行の原理とクラブヘッドの軌道との関係性

フェローH氏は駅まで七〇〇メートルの距離を歩きます。通勤で急ぐ人たちの中に入っても、三十年間は誰にも追い越されないで済みました。歩くことの原理を考え、背骨を回転軸として腕、足、腰の動きを連動することを実験し続けました。

最近ゴルフの打球飛距離が落ちたのはなぜか。ゴルフスクールに二か月通い、初めて他者の目でスイングを見てもらいました。年齢のせいにはしたくなかったからです。目から鱗が落ちました。クラブヘッドが走らないのは、体幹と腕、脚、腰の動きの不一致でした。〝歩行の原理〟理論を完全に忘れていたのです。

加えて、フェローH氏は構えた時のグリップの位置を見直しました。トーナメントプロコーチの内藤さんの言葉を聞いたからです。

「超一流選手のグリップの位置は皆同じです」

フェローH氏は復調に向かっています。

（2013年9月8日）

大自然の宝庫

酷暑から一転、今年は大雪

まさに自然の脅威とはこのことか。昨夏の暑さには参りましたが、この二月初めに始まった降雪は八、九日に重ねて十四、十五日の大積雪。六十年振りとか観測史上初とか。ゴルフ場もそれは大変でした。腰までどっぷりと沈みこむ雪を掻き分け、無尽蔵な量の雪と格闘し続けた支配人以下現場スタッフの、皆様には頭が下がります。

フェローH氏も悩む

石川遼選手ほどの名だたるプレーヤーでも悩む。

「すごくいいスイングができていたのに、その感触が日ごとに薄れ、なくなってしまった。

……感触を失ってからは、ずっと気持ちが悪かった。……コースを離れても、頭にあるのはスイング、スイング、スイング」

（朝日新聞 二〇一四年三月二十八日付〝もっと遠くへ〟より）

フェローH氏もあれやこれやと理論づけして実践してみる。やっと理論どおりスイングが完成したと悦に入ったのも束の間、頭の中はスイング、スイング、スイングでいっぱい。でもゴルフへの楽しみは衰えない。常に自分と己の精神との闘いがそこにあるから。

忘れ得ぬ人々

フェローH氏は考えた。技術向上一点集中から脱出、コースでの人と自然との調和が心に芽生えればもっとゴルフを楽しめるのでは。

三十五年前の5番ホール。豪放磊落且つ典型的な紳士の伊藤さん。左下はOB域の樹林、右上斜面上のワンペナ、プレッシャー十分。ものともせず豪快にスイングするフェローH氏の雄姿（?）を自社のカメラマンに撮影させた写真を頂戴しました。

十八年前の9番ホール。何事にも秀でた才女の前田さん。クラブハウス前の満開の桜をティーインググラウンドから見下ろした詩情豊かな絵にしてフェローH氏に与えてくれた。

二年前の7番ホール。知情意備えもつ快活な増田さん。グリーン奥のミツバツツジを愛でながらティーアップを待つフェローH氏に、後のパーティから抜け出てきて声を掛けてくださった。滅多に出会えなかったので、感動しました。

コースは大自然の宝庫

コースは長所がたくさん。自生の樹林に囲まれたコースのレイアウトは、プレーヤーを飽きさせない面白味十分。行き届いたグリーンのメンテナンス。技術の向上と心豊かなクラブライフを楽しみに来場なさる多くのメンバーの皆様には満足していただいているようです。

百年を経た自生のモミの木。紅紫色鮮やかなミツバツツジ。早咲きの梅。赤紫白のサルスベリの並木道。威丈高な白樺。小さな実をつける隠れ柿の木。手紙の一葉を思わせる白い花咲くコブシ。ワラビ、ゼンマイ、タラノメ。コゲラ、キツツキ、鶯、猪、狸、鹿、兎。四季折々、新緑に紅葉と、コースは大自然の宝庫です。

（２０１４年　早春に）

想定外

人の営みは悩むことから始まる

フェローH氏の書斎は狭くなり雑然としています。左に本、右には雑誌、後部壁面には本がひしめき、上の棚には訳のわからない資料が山積しています。

殊勝な気持ちを起し、差し当って使わないで済みそうなものは捨てようと整理したのです。そこでフェローH氏の悩みが始まりました。「あっ、これは大事なものだ」と特別扱いしていた証明用書き物が見当たりません。考えられるだけ、その在り処を必死になって探しました。三日三晩です。ゴミに出す整理したものを三回点検しました。

フェローH氏は探すのを止めました。何処かにあるはずだ。諦めたのではないのです。明日に希望を託したのです。さもないと、別の大事な用が手につかず、また健康にも障りますからね。これも人の営みの大切な要素かもしれません。

予想外→想定外

三年半前に発生した東日本大震災。私たちに激震を与えたのは原発事故でした。今夏の異常気象では広島の山崩れで死者を数十人も出し、また各地に大災害をもたらしました。

地球は自転し、太陽の周りを公転しています。宇宙は悠久の時を刻みます。あなたもわたしも、昨日と今日、今日と明日、特別変わった様子はないようです。

人の営み、政治の営み、ゴルフプレーの営みも自然に流れているように見えます。でも、予想外ならまだしも想定外の出来事が起こるものですね。災害や不幸の想定外がいずれの日にかやってくるのですね。

想定外でもすっごく楽しいこともあるものです。フェローH氏の3番ホールでのイーグルです。第2打が5番ウッドでカップインしたのです。

理論の完成は必ずしも結果と結びつかない

フェローH氏は、数十年間もゴルフスイング理論を探究してきました。物理学的に合理的にです。

グリップ、腕の振り、クラブの軌道、体重移動、インパクトとフィニッシュの位置、それらを協調させるバランスとリズム。さぐりに探りやっとスイング理論を完成したのです。

結果、スコアは殆ど変わらずです。悩みと粘りで完成させた理論は〝完成したつもり〟だったのでしょう。

人は言います。

「年齢を重ねるとそれなりに動きも心持ちも変えなければいけないのです」

フェローH氏は頭が固いようです。1ヤードでも遠くへ飛ばし、一つでもスコアアップを目指すのですから。ゴルフの醍醐味、ゴルフプレーの楽しみなんですね。


（2014年9月1日）

守りと攻めの妙技

“守りと攻め”はどの世界にも通じるのか

先述したフェローH氏の孫のその後です。小学一年生、七歳になりました。五歳の頃、宇宙と天文に熱中して多くの図鑑と大人の資料を読み、核融合やら、ガスや氷でできた惑星、太陽の何倍の質量か、地球から何億光年の距離かなど、次々に口をついて出てきます。「宇宙博士になる」そうです。「おじいちゃん、この本で勉強して」と言われたものです。

それが今は将棋に熱中です。羽生名人の指南書を熟読し将棋会館に出向いたり、「プロ棋士になりたい」そうです。私は五回対局して一勝できれば良い方です。守りと攻めがしっかりしていて、私が一回でもポカすると挽回不可能です。

“守りと攻め”は、積極と消極や能動と受動とは全く違う理念です。守りあっての攻めで守りも攻めと同じ前向きの姿勢なんですね。

ゴルフではどうでしょう。第1打をミスショット、第2打は攻めるか守るか。状況によってはグリーンを攻めてもよいでしょう。でも成功の確率を冷静に判断して、次打が打ちやすい方へと〝前向きの守り〟がベターでしょう。

仕事も然り。一休み、体勢を整えて前進。対人関係の議論も然り。相手はどういう考えか好意をもってじっと聞く。筋違いであればしっかりと正す。守りと攻めの妙技ですね。

〝ころあい〟のススメ

攻めるか守るかと、自分の心の中で格闘しているばかりでは結論が出ない場合もありましょう。疲れますよね。

こういう時には〝ころあい〟を取り入れたら、と思います。思考停止やあきらめではなく、間合いをとり心を遊ばせるのです。そこにバランス感覚が発生し、目分量のゆとりが出てきます。

〝あんばい〟という言葉も浮かびます。昔の人はよく言ったものです。生活の智慧です。

風化して良いものと悪いもの

守りも攻めも、ころあいも、人間の英知からの産物ではありますが、世の中でどうしても風化してはいけないものがあります。それは人類の生存権とそれを守る地球の保全です。

昨日来日したドイツのメルケル首相は、四年前の東日本大震災を見て、ドイツの原子力発電を止める政策を実行しました。願わくば、日本の首相にも、目先の国益だけでなく、人類の平和と人間愛の哲学の勉強をして欲しいのですが。

明十一日は大震災から四年になりますが、人心と被災地の復興には程遠い現状です。


（2015年3月10日）

旅の楽しさと怖さ

パリ

今年五月、フェローH氏は末息子の遅ればせの結婚式と披露宴に招待されました。

空港からパリの街中のホテルまでの車中ずっとドライバーから〝パリのスリ〟の怖さを聞かされました（怖さの程度を相撲の番付で表現すると序の口）。二度目のパリだったので余裕です。

ロダン美術館の「考える人」の前でポーズをとる幼い孫、息子を写真に収めたり、オルセー美術館を観て廻ったり。オペラ座の楽しい雰囲気とその界隈の人の動きの動と静。

また驚いたのはベルサイユ宮殿。当時の栄華を偲ばせる贅を尽くした豪華絢爛この上なし（楽しさは小結）。

地下鉄に一人乗り、モンマルトルの丘を散策。鄙びた教会と相接する威容を誇る大聖堂。

その周りにたむろする白黒黄の楽しげな顔々。似顔絵画家の群れに紛れながら丘を下り、ピカソの住まったアパートや赤い風車を見て廻りました（楽しさは関脇）。

旅で歩きやすいように靴の中敷きを変えていったのが裏目に。痛い痛い。モンマルトルの丘がシッペ返しをしてくれたのです（怖さは大関）。

ところがよくしたもので一世一代の幸運に恵まれました。一目惚れして手に入れた15号の油絵、四十年来自室の壁に掛けている、その風景画の故郷に遭遇したのです。

海に浮かぶモンサンミッシェル修道院の途中に立ち寄ったノルマンディーの古い港町オンフルール。世界中の画家たちが郷愁を憶えて描く波止場と教会の尖塔と街並み。旅からもらった最高の感動（楽しさは横綱）。

長崎

戦後七十年。被爆七十年。父母と親友の霊魂を慰めに里帰り。殊の外暑かった今年の夏、長崎。三〇キログラムもある木材の灯篭立を墓に運びます。実に重い。

八月十五日の華やかな精霊流しも終わり、十六日は後片付けで重い灯篭立を担いで家に帰り、すぐ庭先の斜面に群植したツツジを守ろうと雑草採りに汗水たらし二時間の苦闘。脱水がたたり翌朝に痛風発症。

東京への帰途、機内と空港で受けた乗務員と職員嬢の優しさと手際のよさに感謝感謝の至り。

番外編

モンマルトルの丘で足を痛めました。長崎での草むしりで痛風に苦しみました。これで状況に応じた自分自身の身のこなし方を学びました。ゴルフ理論に合致させる自分自身のグリップを手に入れたのです。

戦後七十年、私たちがやっと手に入れた個人の自由と平和があぶない。ゴルフコースのOB杭を勝手に手直し、自分だけのスコアアップを計る独善的政治家が君臨するようです。ゴルフの精神から学んでほしいものです。

（2015年9月1日）

自画像がルーブルに!?

リズムとタイミングと鼠取り器

人の営みにはリズムが必要です。体調のリズムが良い時はものの考え方も仕事もうまくいくようです。それにゴルフスイングにはタイミングも大事な要素となりますが。

最近、フェローH氏に面白いタイミングの出来事がありました。現住のわが家に最近鼠が出没し、天井裏で運動会を開いているのです。

別に気にかけないでいたら、そのうち下界に下りてきて食事処の果物をかじり、遂にはH氏の座右の棚にある喉飴トローチから血圧降下剤五、六錠をもかじったのです。

さすがに驚いて早速粘着紙を数個所に配置しました。ところが何の、H氏の負け。粘着紙を上手に避けて通る賢い鼠でした。業を煮やしたH氏、昔式の鼠取り器を新宿の東急ハンズで探しあて、勇んで家に帰り早速仕掛けました。

ところがどうでしょう。翌朝に大きい親分鼠が台所のごみ入れ器に口と手を突っ込んでもがいていました。そしてもう一匹の中人鼠が以前から配置していた粘着紙に張りついていたのです。何と不思議なタイミング!!

坂本龍馬の刃の切れ味とフェローH氏のクラブの切れ味

フェローH氏は多くのゴルファーの例にもれず、何十年にもわたり多くのクラブを買い換えてきました。ところがショットは安定せず、技術は向上せずのまま。

ここでH氏、一念発起。ゴルフ大好き人間がこのままで終わったのでは一生の悔いが残る。パークの友人に勧められたプラス2の飛びのクラブ、話題のアイアン七本を仕入れました。ここからが勝負です。全く新しい発想でフォーム改造です。基本書、ゴルフ誌、テレビのレッスンを再確認し頭の中の整理をしました。書いてあること、プロコーチの教えは皆正しいことが理解できました。これらの教えを己の体にどう適用させるかが問題です。

新しいアイアン購入以来、二か月の間、自宅の居間で毎日素振りです。

現在H氏が辿りついた結論です。

「背骨軸回転でリズミカルに脚を寄せ、尻を振り、両腕が胸板をなぞるように、クラブを振りぬく」

坂本龍馬はH氏の故郷の料亭の柱に刀傷をつけた。H氏はわが家の床の間の化粧柱にクラブで傷をつけた。

H氏は龍馬の刃の切れ味に及ぶクラブ捌きができるだろうか。気に掛かる。

フェローH氏モデルの画がルーブル美術館に!?

H氏が賞(め)でるノルマンディーの古い港の風景画については先述したが、H氏がモデルの30号の大きな油絵もあります。

息子の披露宴をやったエッフェル塔の近く、パリ7区のギャラリー〈ル・アール〉に有馬俊彦画伯の個展の一点として今秋展示されることが決まりました。次にタイミングが良ければ、パリのルーブル美術館での個展も検討されています。

H氏の一世一代のルーブルでの自画像との対面が実現できればと胸躍る思いです。

(2017年3月12日)

無念の涙

サムライが涙　松山の無念

サムライは人前では涙を見せないのである。アメリカＰＧＡでは勝者も敗者も涙しない。松山選手もそうだった。

ところがこの八月の全米プロ最終日、最終組１打差二位が４打差の五位に終わる。今年の全米オープンで二位、前週の世界選手権ではぶっちぎりの優勝だった。「自分に力がついて……」と秘かに全米プロでの優勝を信じてスタートした試合だった。ホールアウト後、松山は「悔しいです」とひと言。涙顔を覆った。

求道者である松山は練習に練習を重ね、時の運に頼るのではなく、無我の境地が勝利を掴めると信じた。その境地に達したのではないかと過信した自分に悔しかったのでは。そこに松山の無念の涙があったと思う。

お医者様の論理と倫理

風邪をひいた、腹痛だ。お医者様の診察で薬を処方してもらう。数日経つと治る。お医者様はありがたい存在だ。

しかし一年ほど前、フェローＨ氏の心臓に突然不整脈が出現した。お医者様は野球の長嶋さんみたいにならないよう血液の抗凝固薬をのみ続けなさいと処方してくれた。ところがまもなく心臓に負担を感じるようになり、速歩自慢のフェローＨ氏の歩きが極端に低下した。

このままではゴルフができなくなる。第二、第三のオピニオンを求めて有名病院を訪ねた。しかし、結論は主治医と同じ。お医者様の間には通則があるようだ。これが医者の論理であることをフェローＨ氏は認識した。

フェローＨ氏は不整脈の研究を重ね、ついに日進月歩の医術の中で最先端を走るお医者様を見出した。医者の論理と個別的最良の施術（医者の倫理）との調和を考えるお医者様だと心底感じた。

フェローＨ氏はオペを決断した。結果、不整脈は消え、心臓の負担も消えた。

「先生に助けていただきました」と感謝すると返ってきたのは「あなたの生命力の強さで治ったのです。私は手助けしただけです」。なんと見事なお医者様、何と素晴らしい人間。

身の処し方

ゴルフのアドレス時の体重のかけ方はつま先か、かかとか。バックスイングの始動は腕か腰の回しか、左肩を意識して回すのか右肩からか。人それぞれ身の処し方が違う。階段を下りる時、腰を落とすのが先か、足を下ろし膝を曲げるのが先か。人は誰でも老いる。だがやってやろうという動機づけで身体の動きと頭脳の働きがスムーズになるのではないか。

健康であり続ける秘訣は、①歩くスピードが速い　②身長と体重のバランスを測るＢＭＩが22　③表情が豊かで目に力がある。

生涯現役を指向するフェローＨ氏にも当てはまるようで合点です。

自分を隠すことがないのでプレッシャーなし、いつも前向き志向です。臆面もなく、イイスギゴメン。

（２０１７年8月31日）

移ろう季節

季節移り　時が動く

今年の正月、フェローH氏が数十人の友人と知己にご挨拶した文章です。

朝夕食時に二時間ほどテレビを観ます。そこで時評ならぬ岡目八目（おかめはちもく）的診断を――

関口知宏の「世界鉄道の旅」イギリスは、十数年前に英国旅行した時の愉しさを甦らせて快。

大相撲の傷害事件は貴乃花親方の一途さは見事、横綱ハクホーのひとりよがりの『イバリ』は惨め。

ついでに日本国のシンゾー総理の理不尽さに『イバリ』が加わるのは《様にならぬ》。

平昌冬季オリンピックの置き土産

今年の二月、厳寒の中の激しい風には選手も観客も堪えたようです。その中でフェローH氏が賜わったお土産をご披露いたします。

一つは女子500メートルスピードスケートの金メダリスト小平奈緒選手の行動です。就職活動で己を売りこみ、それに応えた一地方の病院長。そこから強敵強豪ひしめくオランダで脚を鍛え腕を磨き、不屈の人間性を獲得した。金メダルの結果に結びつけた。

二つはスキー複合の銀メダリスト渡部暁斗選手。ヨーロッパなど各地での世界選手権で自分の限界に挑み、連戦連勝、スキー王国ノルウェーなどヨーロッパで最も尊敬される称号〝スキーの王様〟の域にまで達した。

今回のオリンピックでは惜しくも金メダルは獲れなかったが、金メダリスト勝者に心からなる尊敬の念を持って接した。そして自分は胸骨骨折の痛みをおくびにも出さず、金メダル獲得を宣言した結果が銀であっても、何も言い訳することなく、明るい表情で次の世界選手権へと向かった。

小平選手も渡部選手も国外を本国同様の活動の場として、競技力と人間力を身につけた。

日本人である二人は世界を隔てない立派な地球人間としての存在を示しています。

花開く季節の到来

三月のアメリカＰＧＡメキシコ大会で最年長四十三勝目のフィル・ミケルソン選手が優勝しました。松山選手が一刻も早く指の負傷が癒えて復帰しての活躍を待ち望んでいます。ところで、フェローＨ氏は寒い冬の間はわが家でスイング作りの特訓でした。何せプレー後の後悔を少なくしたいからです。

基本の一つひとつが身につくまでは次のステップへ進まないと徹底しました。そして心機一転とアイアンを軽くし、ドライバーのシャフトをＳＲからＲのニューモデルに替えました。

果たして……。

（２０１８年３月12日）

憲法という宝

道具は上手にまた真剣に使うもの

「弘法にも筆の誤り」「○○と鋏は使いよう」と、一昔前の大人は心得ていたようです。

(1) ゴルフにあてはめると

フェローH氏はスイング理論を中心に研究してきました。ここにきてクラブを使うことの理論をないがしろにしていたことに気づきました。

一年前にヘッドスピードを上げようと軽いクラブに替えました。ところが身体の動きとクラブの移動に不一致が生じました。自分に合う道具としてのクラブを考えていなかったのです。

今回、重目のクラブに買い換えたところバランスよく振れるようになりました。

（2）自分の健康とお医者様との関係

フェローH氏は心臓の心房細動を最高のお医者様によるカテーテル・アブレーション手術で完治しました。複数の権威ある病院のお医者様の診察診断を仰いだが納得できなかったのです。

お医者様を道具と見るのは甚だ無礼ですが、お医者様と議論を重ねて納得した治療を受けた結果、自分の生命力を甦らせたのです。

（3）私たちは日本国憲法を上手に使いましょう

フェローH氏は原子爆弾を被爆しました。かけがえのない肉親と親友を一瞬にしてこの世から奪い取られました。その結果、やっと人間らしさを保つ権利と自由と平和の日本国憲法を得たのでした。

天皇陛下は父君が国家権力の長として犯した結果を償うために、生涯心底から平和を願う行為を貫かれました。

日本国憲法第九十九条は天皇、国務大臣などすべての公務員に「憲法尊重擁護の義務」を課しています。ところが現在の政治家は頭からその義務の履行を失念しています。私たちは日本国憲法という黄金の道具を使いこなさねばならないのです。

地方に生きる真の人間群像

八月の出来事。山口県周防で二歳になったばかりの男の子が山中で行方不明になりました。三日にも及ぶ必死の捜索も結果出ずのところ、大分県日出町から駆けつけた七十八歳の尾畠春夫さんの胸に抱かれて生還したのは実に劇的でした。尾畠さんは〝社会への恩返し〟と清廉潔白な行為を東日本大震災や西日本豪雨の現地へボランティアとして活動されています。

フェローH氏は若かりし二十歳の頃、新宿駅際の焼鳥酒場で肩を組み合った中年の肉体労働者の真剣な目差しから「あんたはキリストのようだ」との言葉を貰いました。分別つき始めた四十歳の時、交渉相手の有名企業の重役さんから「あなたは良寛様のようです」とも。

真っ当な人間の道を求めてきたつもりのフェローH氏も、尾畠さんには頭が下がるばかりです。

地方には尾畠さんならずとも多くの私利私欲無しの行為行動の人たちが存在します。現にフェローH氏の身近にも。

（２０１８年夏）

一億分の一

一億円が当たるかも?

金の世の中、金にはとんと無頓着のフェローH氏がなぜお金の話を――。

プロ野球の西武ライオンズが破竹の勢いで優勝街道を突っ走っていた昨年九月十九日の出来事です。

小学五年生の孫に誘われて数年振りに西武球場に出向きました。外野席寄りの内野席中段、左翼席前のポール斜め後座席でした。「この距離だったら絶対にファールボールは届かない」と、フェローH氏は悠々と生ビールを飲み干し、弁当を食べていました。

途端に「ピッピー! ファールボールに注意してください」の警告音。近くの人は総立ち。そこへフェローH氏の臍左横腹へボスッとボールが――。そして、膝上の弁当と股間の間の凹みにすんなりとボールが鎮座したのです。孫に当たらなくてよかった。

「NPB Ⓡ official Ball '18.9.19」と刻印された試合球は現在孫の机上の記念品です。一億分の一の確率でボールが当たった。「きっと宝くじで一億円当たるはず」とフェローH氏は確信しています。

エッセイに確たる反応が

「自分の生命力を甦らせるために、お医者様と議論を重ねて納得した治療を……」の文に動かされたY・H氏は、心臓の不整脈で悩んでいるから「フェローH氏に是非会いたい」と。

「尾畠さんならずとも多くの私利私欲無しの行為行動の人たちが存在します。現にフェローH氏の身近にも」に長文の書簡が届きました。

胃カメラ開発者の関係者が、指圧を組み込んだ病状改善の理論と実践をなされていた。師の死の直前にS・Tさんはその実践の継承を託されました。

三大新聞社の調査統計部門の責任者であったS・Tさんは、定年後も無報酬でひたすらに人助けを実践されています。現在国会で大変な問題として議論されている〝統計隠蔽〟

についても一家言を持ち合せの正義感強いお方でもあります。

沖縄への想い

米軍基地の辺野古空港建設に沖縄県の人たちの殆どが去る二月二十四日の県民投票で反対を表明しました。総理大臣は「真摯に受け止める」と言いながら建設工事を続行しています。なぜ、沖縄県民の意思を尊重し、先ずアメリカとの外交努力を試みないのか。

フェローH氏は原子爆弾の被害者ですが、ずっと沖縄の人たちの地を訪ねることができないでいます。長崎と広島は一瞬にして死の街と化したのですが、沖縄はすべての人が血で血を洗う戦場のど真ん中に長期間さらされ、多くの人が命を落としました。フェローH氏は沖縄の人たちに後ろめたさを抱き、その傷を回復することができないのです。

ビルマ（現ミャンマー）のラングーンで航空兵の実兄は二十歳の若さで生命を奪われ、一片の紙きれを遺骨として帰郷しました。沖縄と同様に未だビルマへの慰霊の旅へは出かけられません。

（2019年3月12日）

スーパーボランティア

渋野日向子選手の偉業とフェローH氏の痛風の関係

この間の八月五日。前夜から早朝三時十五分にかけて、ゴルフのメジャー大会全英女子オープンを、痛風の痛みに耐えながら夢中でテレビ観戦しました。

優勝のかかった最終18番ホール。プレー中は終始笑顔の渋野さん。五、六メートルもあろうかというバーディーパットを決断よく決め、二位と1打差の優勝。筋書きのないスポーツの一瞬を渋野選手は見事に創造したのです。

ではなぜ、渋野選手の優勝という偉業とフェローH氏の痛風が関係あるのか。

その日、痛風の治療をお医者様と約束していたのを不履行してしまったのです。

でも、渋野選手から大きな戴きものを得ました。スイングに迷いがあったフェローH氏、彼女の肩と両腕で作った三角形を保ったまま、胸の上をなぞっているフォーム。フェロー

H氏、これだと得心したのです。

スーパーボランティアはフェローH氏の近所にも存在した

フェローH氏の故郷は、西洋文化と日本古来の伝統が優しく融合した町です。弘法大師の徳を偲ぶ、「おだいっさま」と呼ぶ札所が町の随所にありました。少年時代にはその札所に寝泊まりして、先輩の青年から〝人としての教え〟を授かったものです。

フェローH氏の家のそばのその札所には、精霊流しで鳴らす大きな鐘も飾ってありました。現在に至っては昔の話となり、建物は朽ち、庭の大木は邪魔物、飲み水だった井戸は汚れ水と化していました。見かねた近所のモリタ氏は建物を処分し、大木を切り、井戸には立派な門扉を作りつけました。

最近帰郷した折にフェローH氏はこの事実を知り、感激しました。モリタ氏は大企業の技術者を退いた後、地域社会に恩返しをしたのです。スーパーボランティアの尾畠春夫さんの「ふるさと版」です。

酷暑に思うことあり

灼熱の八月、フェローH氏は痛風の痛みをこらえながら、電車の優先席に座っていました。途中から乗車した二十歳ほどの若者がH氏の前に俯き加減で立ったのです。見るとフード付きの冬物コートで身を固めています。フェローH氏は突差に席を譲ろうと思いました。しかし、自分の足の親指付近が痛いのです。

世間にはそれぞれの人が苦痛と喜びを抱えて生きています。幸いにもフェローH氏は痛風には親しいお医者様を、心臓の痛みには素晴らしい名医を、と友人同様の交流が持てています。

電車の若者は一人で体の痛みに耐えているのか。独りで人間の業にたえているのか。フェローH氏は、一瞬、人の世を思い、新宿駅を後にしたのでした。

（2019年9月9日）

画中の人物

希望と落胆

米男子ツアーの世界一を決める第二戦のＢＭＷ選手権（賞金約一・八億円）での出来事。世界ランク二位のジョン・ラーム（スペイン）が４アンダーで待っているところに、ランク一位のダスティン・ジョンソンが１打差で追う。最終18番ホールで一三メートルもあろうかのうねりくねった芝目を読み切り、バーディー。奇蹟を起こした。

二人のプレー・オフ戦へ。今度はラーム、18番ホール、確率的には不可能に近い二〇メートル、最後は下り超スライス。それが何と入ったのです。

優勝のかかった緊迫した精神状態の中で成し遂げた二人の行為には唖然。フェローＨ氏がゴルフで見た初めての感動です。

ちなみに松山英樹選手は首位でスタートしたのですが、残念、２打差の三位。見事な健闘です。

難題にどう立ち向かおうか

フェローH氏の高校同窓会誌に百字限定の原稿依頼がきました。本欄のエッセイは千～千二百字です。単語を並べ、短文表現の百字で何が言えようか。題は「新型コロナ禍後の世界にどう対応すればよいか」です。

フェローH氏は二〇メートル先のホールに1打で入らなければという緊張感で読者に伝えなければいけません。以下は伝えようとした文の趣旨です。

「私は多感な青年時代に稀有の大人(たいじん)に遭遇した。高潔な英文学者に学問と愛を、日本的傑物に大きな社会と小さな世界を直に学んだ。多くの本を読み、たくさんの人と接した経験の上にお二人から頂戴した教えは、私の生涯の道標となった。コロナ禍後の私の物事に対するは全く同一方向である。後輩諸君も、ものに動じない自己を確立してほしい」

ルーブル美術館と縁があって

フェローH氏は現在も四歳から九十五歳までのお互い尊敬し合う友を持っています。その中の一人に画家が存在します。彼はパリの超一級のパリ装飾美術館で個展を開くほどの画伯です。その画伯が、ルーブル美術館で開催された世界の画家たちによるコンペティションでグランプリを獲得したのです。エコール・ド・パリ開催90周年記念での芸術大賞です。

その画伯の30号F油絵の中に中心人物として全身像が描かれているのです。

フェローH氏はルーブルを二度訪ねていたのですが、三度目は画中の人物としての訪問でした。これもまたフェローH氏にとって奇蹟の出来事でした。今年六月発刊の美術誌「アート・ジャーナル　101号記念号」にその絵が凱旋掲載されたのです。

（2020年9月15日）

おわりに　フェローシップと親愛なる仲間

机の上に、私はある記念にもらった自動巻の腕時計を放置しているのですが、この間気になって日付を修正しました。ところが気づくと、もうひと月前の日付を示しています。びっくりです。日々のなんと速く過ぎゆくものよ、私の驚きの一つです。

私はこのクラブに前理事長の大槻文平先生を慕って入会しました。そして、先生の座右の銘とお聞きした〝humble life〟についてお聴きしたく思い、平成三年五月十八日、三菱マテリアル会長室に先生を訪ねました。先生は、お姉様を頼って上京なさったこと、大学ボート部での生活、幼時の思い出など、一時間半にも及び、私に親しくお話しくださったのですが、今はもうお会いできません。

また、戦前のドイツ滞在中の話を聞かせてくださった山口廣さんも思い出の人となられました。折り目正しいけれど底抜けに明るい愉快なプレーヤーの伊藤敏夫さんも、病のために退会なさいました。

皆様、それぞれにプレーヤーとしても実に立派な方々でした。ゴルフプレーヤーとしてはもちろん、「人生のプレーヤー」として。あえて紳士という前に、人間味溢れた先輩方でした。

ゴルフ規則の第1章は皆さん先刻ご承知の「エチケット」です。でも、わざわざエチケットとかマナーとか言うまでもなく、さりげない立ち居振る舞いの中に、人への思いやりをもって楽しくプレーするのが、そもそもゴルフプレーの原点ですよね。

私もいつまでも親愛なる仲間と〝フェローシップ（fellowship）〟の大らかな気持ちをもって、思う存分ゴルフプレーを、人生を楽しみたいと思っております。

幸い私は初対面の方に「自然と親しみを感じる」と言われ、本書の基であるクラブ会報の「フェローH氏のトーク・リレー」も、人に伝えたい、遺したいという意欲の強さから寄稿が続いております。

先に紹介した先輩たちと同じく、人としての道筋を理解し、人間味溢れるエッセイをお届けできたらと思っております。

さて、次頁のイギリスの桂冠詩人ワーズワースの詩は、私の恩師田部重治先生が翻訳されたものです（岩波文庫『ワーズワース詩集』）。

先生は、夏目漱石をも凌駕する英文学者で、思想家で、日本の山旅の先駆者でもあった偉大な傑物でした。

私は大変に可愛がっていただいたお礼を込めて、原詩の書籍（ペンギン・ブックス）と先生の岩波文庫を持って英国のワーズワースの墓に詣でてきました。

皆様にもぜひお読みいただきたく、最後に紹介します。瑞瑞しい生き方の一つの指標になる、素晴らしい詞だと思います。

二〇二四年秋

フェローH氏こと青木一

虹

わが心は躍る、
虹の空にかかるを見る時。
わがいのちの初めにさなりき。
われ、いま、大人にしてさなり。
われ老いたる時もさあれ。
さもなくば死ぬがまし。
子供は大人の父なり。
願はくばわがいのちの一日一日（ひとひひとひ）は。
自然の愛により結ばれむことを。

My heart leaps up when I behold
    A rainbow in the sky:
So was it when my life began;
So is it now I am a man;
So be it when I shall grow old,
    Or let me die!
The child is father of the man,
And I could wish my days to be
Bound each to each by natural piety.

Wm Wordsworth

著者プロフィール

青木 一（あおき はじめ）

思索行動家・作家
長崎市生まれ、18歳で東京移住
年齢・学歴から離れ、一個の人間・自由人として活動
新聞記者
“新しき村づくり”運動、日本国憲法研究会を主宰
出版・記録映画会社設立
国会議員定数訴訟研究会参加
新聞社シンクタンク代表で地球と人間の健康、セイブ・ジ・アース運動を主唱
PTA連合会会長、ゴルフクラブ理事、団体・会社役員顧問などを務める

クリティカル エッセイ　人間についての一考察

2024年11月15日　初版第1刷発行

著　者　青木 一
発行者　瓜谷 綱延
発行所　株式会社文芸社
〒160-0022　東京都新宿区新宿1－10－1
電話　03-5369-3060（代表）
03-5369-2299（販売）

印刷所　TOPPANクロレ株式会社

ISBN978-4-286-25865-2